U0501353

# 约 会 春 天

## ——王立波爱情诗选

王立波 著

长江出版传媒 长江文艺出版社

王立波，20 世纪 80 年代末期毕业于辽宁工程技术大学。曾公开发表诗歌、散文、报告文学等近百万字。2021 年被"中诗网"评为十大年度诗人，现供职于某市公安局。著有作品集《玫瑰芬芳》《缉毒行动》等。

# 序

## 爱情隐喻下的人间情书

李犁

"王立波的爱情诗就像清泉从石板上流过，不但干净鲜活、淘洗人的心肺，更有着久违的清澈美。他拒绝幽暗和晦涩，把诗歌回归给声音，说话即诗，听乃心动。他坚持真挚诗学，不特意追求博大深奥，以小而真诚、短有所悟为原则，继承古典诗歌的精粹和意境，把诗写得有意味、情味、鲜味、趣味，更有回味。而且看似他写的是爱情诗，其实爱情是他心灵和审美的隐喻，他是把爱情当符号给人间和大地写情书。因而以小见大，以情撼魂，以美养心。"

这是中诗网2021年度十大诗人授给王立波时，我写的颁奖词。回头再看他的诗歌，我觉得这个评价没有夸张，而且比较贴近他诗歌的品质。尤其在当下技术主义和智力竞赛操控的幽玄而混杂的诗坛，立波的诗更显得清澈和亲切，犹如跋涉过大漠尘烟，满身油污如卡车的我们站在了青山绿水面前，带着青草香味的清新气息让人神清气爽，一种久违的如晨风一样的清净和轻盈，洗刷着人的身心，让我们找回了最初读诗的那种感觉，即心领神悟、会心一笑。借用一个唐朝诗人的名字来形容，就是：灵澈。即水灵灵、活蓬蓬，又干净透明，清心而沁肺。随手拿来他的这首《想你》："春天里 / 你走了 / 我的心 / 迎来了凉凉的秋季 // 从此 / 每当想你 / 我就会 / 拿起瘦瘦的笛 // 悠悠的笛曲 / 是我思念的声音 / 吹笛 / 在静静的夜里 // 明月 / 从天边升起 / 我仿佛 / 看见了忧郁的你 // 落花 / 在夜风中 / 想你 / 在笛声里"。

　　诗有点忧悒，但不低落，也不晦暗。这是一种美，一种湿润的美，一种柔情的力量。而且短促的诗句，就像被剪裁成一截截的阳光，明亮而温馨；随着诵读的声音，被按进心里，让即使是粗暴的心也被软化和暖化。一种幸福和渴望幸福的感觉像一朵朵火焰，向远方忽闪着，让人由衷地感叹：爱情真好，此生可待。而且关键是简单明了，不用绞尽脑汁，查资料翻词典去猜。我称这种好读又有意味的诗为能听会说的诗，即一听就懂，而且会情不自禁地读出声来，让诗意在唇齿间绽放。这就恢复了原本诗歌中"歌"的品质，诗因歌而生动且得以远播，并有了旋律和神采，彰显出诗歌的音乐美。

而且声音也是修辞，它美化和深化了诗的意境，可以将读者的情绪代入其中，弥漫人的心。声音就是气韵，是诗人内在气息以及气质的显现和节奏。王立波这些诗能采用短句甚至一个词或一个词组就占据一行，就是气息的节拍，像点射，每一下都在加重情感的着落，是以点带面，让情感掷地有声。但他不用力，而是轻轻地，像插秧苗，一下一下，然后又蔚然成行、起伏有致，鲜活而青翠、晶莹而洁净。听觉上它又像一首小夜曲，轻柔而走心，美妙而撼魂，让人感觉沐浴在一片月光下，忘记了名利和烦恼，陶醉在皎洁的意境中，身心通透而有了对生活的感念和更深的爱恋。

所以，诗的题材不在于非得宏阔博大，也不在于像打夯一样咣咣狠捶，有时深情地一回眸、轻轻地一启唇，也会让人心旌荡漾。诗无大小，只要感人，只要美目、养心、

怡魂就是好诗，就是大审美。立波是一名优秀的警察，非
常敬业，也非常忙碌。他用诗来调剂心情、诗化生活，但
没有时间和精力反复推敲和琢磨，所有的诗都是匆忙中的
一挥而就。他依赖的是情感的瞬间爆发，情感就是他的推
动力和最好的技巧。这样反而切中了诗歌写作的核心，即
触景生情有感而发。真实和真情是诗的胚胎，诗由此发轫，
又归于此。诚如王国维说的真景物真感情就是真境界大境
界。尤其在当下技术至上忽视情感甚至虚情假意渗进诗歌
写作中，掏心掏肺地说真话就是最好的技术；真挚不仅是
一种品质，更是当下急需确立的一种美学。

　　立波写诗不仅真情，还选择了最动人的爱情，诗更有
了迷人动人撼人的力量。以诗歌表达爱情，几乎和爱情本
身一样古老。写诗的人不在了，可爱情的诗篇却依旧感动
人心，依旧被吟唱，依旧鲜艳且永远年轻。但历史上留下
的那些著名的爱情诗很多都是诗人感情失衡时的产物，譬
如叶芝的《当你老了》，就是伤口上升起的永恒的太阳。
叶芝24岁时爱上爱尔兰民族主义女性茅德·冈数，五年

间叶芝数次求婚都被她拒绝了。叶芝痛苦又无奈，为了表达他的真挚和忠贞，蘸着血和泪写下了这首后来被称作千古绝唱的诗——诗成了感情倾斜时的坚强支撑。而立波的爱情诗却没有这种撕心裂肺的痛苦，更多的是他借托于爱情，以追忆的方式写出了爱的幸福、爱的美丽、爱的欣慰、爱的痴迷。有一点伤感但不悲痛，是对错过的爱、消逝的爱和没爱够的爱的遗憾与叹息，就像响晴的天空飘过淡淡的白云，不仅没有影响天空的蔚蓝，还给单调的蓝天增加了丰富和多层次的美感。诗也因此有了曲折的韵味和况味。就像这首《爱之雪》：

下雪了
那飘飞的雪花
仿佛你寄来的
封封情书

那情书

很柔很软

每读一封

都会融化在心头

初次相约

天空也下着雪

你我

相拥在雪中

从此

每逢下雪

我就会想你

想起你的温柔

雪越下越大

我的世界

飘满你的爱

像梨花盛开

多么柔美深情。看这样的诗，最好是在冬夜，静静的房里像干净的雪，看着窗外的雪花，轻声地慢慢地读着。每一个字都像雪花轻轻地飘舞着，不仅漂白了万物，也漂白了心灵。回忆就像被白雪覆盖了的老井，随着亲切和缠绵的语调，一种久违的爱的冲动和刻骨的深情涌上心间，让你情不自禁又心甘情愿地掉进去。那是被诗意陶醉和浸染的一刻，也是人性和善美被唤醒并刷新的一刻——在诗歌的天空下，我们会忘记了金钱和权势；我们仿佛在接受一种洗礼，污浊渐渐被澄清；我们的思想和感情就像赤裸着身体的孩子，一种真实自由清澈澄明的境界开始笼罩过来；我们开始光顾自己的心灵，开始用诗歌挤出身体里的杂质，打扫灵魂里的灰尘……这就是诗歌的柔化作用，它软化了生冷的世界并使之变得柔美和浪漫，也让诗人和读者在爱和诗中品尝了幸福，找到了丢失的自己，麻木的心被灵活，并感受和领略到了诗意的美好和幸福。至此，我们也终于明白立波是借用爱情来喻写理想，是用爱情来象征和借喻诗意化的世界和人生。从另一个角度来说，他是把大千世界芸芸众生简化成爱情，他专注于爱情，就是专注于人生，并为此倾注爱，热烈地爱，全部地爱。这爱感染了更多的人，也激活了更多的心。然后，让大家一起爱，爱人爱物，直到让爱慈悲了世界、温柔了人心，让偏出的人性得以校正，并得到了哺育和美化，让世俗生活被诗化为审美生活。

因此，王立波的写作就有了更辽阔的价值和意义。他书写爱情就是要找回激情并通过写诗让灵性觉醒并活跃起来。然后，在滚滚红尘中坚持自己的理想，在复杂和灰尘满面的琐屑生活中更细致地提炼诗意。诗歌在他心里不仅是抒情的方式，更是一种仰望；写作就是对这种境界的颖悟和接近，更是对低俗的拒斥，对渺小和俗世的超越和提升。所有这些，构成了王立波诗歌的意旨和精神方向。也正因此，这本书就有了超越他本人的精神价值和社会价值，诗中那深邃的爱情就是绣在大地和人心上永不凋落的迎春花。

李犁，诗人、诗歌评论家，《深圳诗歌》执行主编。

# 目 录

001 / 约会春天

004 / 星　辰

006 / 爱如大海

008 / 相　思

010 / 三　月

012 / 春　雨

014 / 春天真美

016 / 君在何方

018 / 白桦林

019 / 红　叶

021 / 茶树情思

023 / 相　遇

025 / 致七夕

027 / 如此美丽

029 / 爱之雪

031　　/　　美丽的姑娘

033　　/　　想　你

035　　/　　垂　钓

037　　/　　春　风

039　　/　　小　路

041　　/　　照　片

043　　/　　邂　逅

045　　/　　桥　上

047　　/　　寄语桃花

049　　/　　相　随

051　　/　　叶枝恋

053　　/　　离　思

055　　/　　爱潮涌动

057　　/　　果　园

059　　/　　爱的回忆

061 / 梅花恋

063 / 想　念

065 / 石头情结

067 / 陌　上

069 / 爱的涅槃

071 / 追　寻

073 / 春　天

075 / 夏　天

077 / 秋　天

079 / 冬　天

081 / 雪　花

083 / 思　念

085 / 因你而美

087 / 寄语黄昏

089 / 远　眺

091 / 你的名字

093 / 杨 柳

095 / 冬天的记忆

097 / 回 眸

099 / 当爱来临

101 / 一片枫叶

103 / 初 春

105 / 树之影

107 / 花 开

109 / 桃花依旧

111 / 目 光

113 / 勿忘我

115 / 樱桃树

117 / 向日葵

119 / 美人蕉

121 / 美丽的彩云

123 / 寻 觅

125 / 月上柳梢

127 / 彩 虹

129 / 那片树荫

131 / 牵 手

133 / 明 白

135 / 守住思念

137 / 春 山

139 / 暗香浮动

141 / 永恒的味道

143 / 春 柳

145 / 望江楼

147 / 假 如

149 / 爱情麦田

151　　/　　眷　恋

153　　/　　彩云追月

155　　/　　回　忆

157　　/　　爱的蔷薇

159　　/　　知　音

161　　/　　树与大地

163　　/　　雨中的风景

165　　/　　唯　一

167　　/　　收获爱情

169　　/　　恋

171　　/　　思念在梦里

173　　/　　走进你的世界

175　　/　　放　飞

177　　/　　芳草萋萋

179　　/　　如　果

181　/　九月阳光

183　/　送　别

185　/　小　巷

187　/　灿若星辰

189　/　南国恋歌

191　/　分　别

193　/　你的美你的情

194　/　伫　立

196　/　爱的箴言

198　/　蝶恋花

200　/　玫瑰女人

202　/　有一朵花为我开放

## 约会春天

站在
冬的尽头
等你
等你和春天
一起到来

春风中
摆动着的
不是杨柳
是你
婀娜的姿态

桃李枝头
绽放的
不是花朵

是你
丰色的粉黛

你
温柔如水
融化
我冰封
已久的心海

你
细语如莺
唤醒
我沉睡
已久的表白

我爱你

春天

我亲密的恋人

和你相约

是我幸福的期待

## 星　辰

蓝色的夜
像海洋
星辰是夜的眼睛
闪烁在大海之上

永远记得
相恋时
多少甜蜜的夜晚
星辰格外耀眼

我告诉你
星辰是天上的灯火
而你
是我心中的灯火

幸福的你
眼中
有无数颗星辰
开始滑落

蓝色的夜
像海洋
星辰是你的眼睛
永远在我生命中闪亮

## 爱如大海

你我
相约在海边
爱的温度
瞬间点燃

蓝色的海
像我俩的爱
一浪高过一浪
激情澎湃

吻你
在海风中
爱的海鸥
自由盘旋

你的爱
像涨潮一样
将我淹没在
金色的海滩

爱如大海
你我是海上的帆
乘风破浪
驶向幸福的彼岸

## 相　思

那个
倚楼远眺的人
是你吗
心爱的姑娘

红豆园里
那个采撷的身影
是你吗
心爱的姑娘

白桦林中
风吹不落的
是长在年轮里的
你刻骨的誓言

梧桐细雨
述说的
不再只是离愁
还有你细水般的温柔

云中
寄去的锦书啊
装满的
是我对你深深的思念

# 三 月

我爱

三月

这个温暖

而神奇的时节

三月

你我相遇

心像冰融的河

第一次向你敞开

三月

你我相爱

生命如春回的大地

呈现出绚丽的色彩

你的笑容
似三月花开
芬芳着
我蓝色的情怀

你的温柔
若三月春风
澎湃着
我爱的大海

我爱
三月
这个浪漫
而幸福的时节

## 春　雨

春雨沙沙
仿佛那年
你在春天里的倾诉
时时萦绕在
我的心头

春雨如丝
牵出的
一缕闲愁
如烟如雾
永远望不到尽头

春雨
滋润着诗情
让一颗颗

躁动的心
青草悠悠

春雨
孕育着婉约
让珍藏
心底的思念
化成泪流 ......

## 春天真美

春天真美
明媚的阳光
带着你的温度
让万物生长

春天真美
和煦的春风
怀着你的柔情
让百花绽放

春天真美
百灵鸟
学着你的声音
在如烟的枝头上歌唱

春天真美

美得就像你一样

在那个美丽的早晨

轻轻叩醒我的心窗

## 君 在 何 方

炊烟
消失的地方
宁静得
让人忧伤

水
像夜一样清凉
树梢上的星光
冷若寒霜

今夜
有哪一颗
翱翔的心
肯为我收拢翅膀

我在弥漫的芬芳里
梦见了你
而醒来
你已不知去了何方

## 白 桦 林

西风吹起的时候
白桦林开始消瘦
你为我种的那棵
我已不再记得

拾起一片落叶
思念远方的你
你所在的地方
是否也有一片白桦林

伫立风中
思念像落叶一样
一片连着一片
成落叶满天

# 红　叶

储存阳光
禁不住
秋的诱惑
擦燃爱的火种

大片地燃烧
是深情的海潮
热烈地拥抱
秋天的伟岸

靓丽的红唇
述说着浪漫
甜蜜地吻着
情人丰腴的脸颊

传说中的杜鹃
还在滴血吗
千年的相思
化作满山霞彩

美丽的红叶
一面鲜艳的旗帜
用生命承诺
自己永远属于秋天

## 茶树情思

当年
你为我
种下的
那片茶树
如今
已长成了
一片美丽的风景

春天
到来的时候
那亭亭玉立
的茶树
仿佛
你种树那年
青春的剪影

采下
一片茶叶
收获
一份思情
采着采着
泪水悄悄地
弄湿了茶茗

# 相　遇

你在
春天里
绽放了
很久

我在
春天里
追寻了
很久

不经意的
一次回眸
我的心
骤然间停留

你玫瑰红
般的娇羞
在这一刻
终于显露

你我
在春天里相遇
醉人的芬芳
飘散在我的心头

# 致七夕

七夕
一个说起
就让人感到
甜蜜的日子

七夕
藏着
我们多少
青春的秘密

银河
阻断了你我
却有了永恒的
相约如期

相悦的两情

若能天长地久

又岂会在意

那经年的分离


七夕

不再是离愁别绪

七夕

一个浪漫幸福的日子

## 如此美丽

从见到你的
那一刻起
你的美丽
就绽放在我的生命里

生命如此可贵
而美丽的你
就是我生命中
那芬芳的玫瑰

生命的旷野
有了美丽的你
就像夜空中
闪烁着璀璨的星辉

你的美丽

就像金秋的枫叶

披上火红的彩霞

永远灿烂在我的生命里

## 爱之雪

下雪了
那飘飞的雪花
仿佛你寄来的
封封情书

那情书
很柔很软
每读一封
都会融化在心头

初次相约
天空也下着雪
你我
相拥在雪中

从此
每逢下雪
我就会想你
想起你的温柔

雪越下越大
我的世界
飘满你的爱
像梨花盛开

## 美丽的姑娘

多少次
和你
相会在
美丽的梦乡

多少次
醒来时
两行清泪
挂在脸庞

今天
我从阳光下走来
走向
梦见你的地方

那红柳间
招手的
是你吗
美丽的姑娘

那雪山脚下
翘首盼望的
是你吗
美丽的姑娘

"我在这儿"
蓦然回首间
你摘下了洁白的面纱
梦想终于将现实照亮

## 想　你

春天里
你走了
我的心
迎来了凉凉的秋季

从此
每当想你
我就会
拿起瘦瘦的笛

悠悠的笛曲
是我思念的声音
吹笛
在静静的夜里

明月
从天边升起
我仿佛
看见了忧郁的你

落花
在夜风中
想你
在笛声里

# 垂　钓

扛着
蓝色的梦
坚守湖边
放飞甜蜜的希冀

静静的湖面
水花初绽
那是爱琴海
传来的幸福音符吗

将银色的情思
抛向湖里
等候
前世的约定

爱的浮标

起浮跳跃

我知道

你正悄悄走来


使出浑身解数

蓦然收获

蓝色的梦

终成现实

# 春　风

历经了
季节的轮回
我坚定地
走近你

走近你
我才发现
你是如此地
风情万里

温暖的
一个拥抱
我感到了
从未有过的惬意

轻轻的
一个亲吻
我品到了
初恋的甜蜜

走近你
走近你
我融化在了
你的怀抱里

# 小　路

有一条
幽深的小路
珍藏在
生命的深处

初次相约
你牵我
来到了
这条幽深的小路

从此
小路像一条绸带
拴住了
你我相恋的脚步

渐渐地
小路两旁
长满了
我俩茂盛的情愫

小路
引我走向幸福
小路
在生命中永驻

# 照　片

毕业那年
你送的那张照片
仿佛春天一样
盎然在记忆的天地

怎么
都忘不掉
照片里
那个甜美的你

每次见你
你笑如桃花
灿若星辰
让我如痴如醉

岁月风雨

泛黄了往事

那张照片

成了永不褪色的记忆


照片里的你

无论身在哪里

你的美丽

永远绚丽在我的生命里

# 邂　逅

金秋时节
你我
邂逅在
红枫林里

红红的
枫叶
映红了秋天
映红了你的脸庞

你选好的
那片红叶背景
我帮你把它
拍进了手机里

拍照时

蓦然发现

你比红叶

更加美丽

这次邂逅

就像这片枫林

永远定格在

我的记忆里

# 桥　上

小桥上
执手相看的你我
离别得
像缠绵的杨柳

多想
让长长的柳枝
拴住
你远行的兰舟

从此
多少黄昏
桥上的我
孤独成柳廋

月缺
总会有月圆
久别后
一定是幸福的聚首

伫立小桥
凝望你去的方向
祝你安好
是我深深的祈求

## 寄语桃花

桃花
盛开的时节
你我
相约在
美丽的桃花林

从此
桃花林中
又盛开了两朵
像桃花一样
相印的心

那个春天
桃花依旧
你再也没有出现

风中飘落的

是我凋零的心

# 相　随

愿意
像秋叶
追随风一样
追随你

无论寒冷
还是漂泊
都愿意
与你相随

随你
千回百转
随你
天涯浪迹

即使化作春泥

变成新叶

这颗心

永远与你相随

# 叶 枝 恋

多少轮回
多少期待
完成了天地间
最美的爱恋

叶依偎着枝
枝呵护着叶
它们共同撑起
爱的蓝天

狂风撕扯
它们亲密无间
暴雨抽打
它们坚守誓言

在爱的世界里
它们幸福走过
春夏秋冬
走向风雨暮年

痴情的叶啊
即使凋零
也要落在
枝生命的故园

# 离　思

春日里
思念的引绳
牵我
登高望远

目光尽头
不是云朵
那是
你的云鬓

目光尽头
不是山色
那是
你的新衣

望着望着

望到了暮色

那份离愁

悄然涌上心头

## 爱潮涌动

有一个声音
来自心海
那是你的呼唤吗
一浪高过一浪
向我涌来

爱潮涌动
我知道
远方的你
已泛起爱舟
向我驶来

浪花朵朵
那是你送我的
用水做成的白色玫瑰

幸福的我

在那一刻被你淹没

# 果　园

初次相约
在静立的果园
羞涩的情感
像青色的苹果

苹果红了
爱的果实
飘香在
青春的伊甸园

那天
你说去远行
送你
送到江边

春去秋来

花开几载

我俩分别的地方

你再也没有出现


伫立江边

江水悠悠

静静的果园

传来苹果坠落的声音

# 爱的回忆

回忆
是星空
闪耀着
无数璀璨的故事

那些
关于你的故事
时时刻刻
温暖我的情怀

那个春天
你灿烂的一笑
从此
我再也没有离开你

从春夏

到秋冬

一直陶醉在

你的风景里


亲爱的

你是耀眼的星辰

永远璀璨在

我生命的星空里

# 梅花恋

踏雪
而来的你
如约
站在我的面前

红装素裹
暗香浮动
美丽得
宛若瑶池的天仙

我的心
在这一刻
像雪花一样
飞舞翩跹

原来

如此销魂的佳人

就是

我期待已久的爱恋

想　念

雨夜里
独自想你
而想念的你
在山的那一边

你走的时候
天空也下着雨
你告诉我等待
等待相聚的那一天

夜雨潇潇
敲打我的心
山那边的你
此时是否也站立窗前

雨越下越大
想念像夜雨一样
在漆黑的夜里
连成茫茫的一片

# 石头情结

自从
出嫁时起
你的心
永远给了大地

你用生命
呵护爱巢
你用忠诚
演绎爱的真谛

斗转星移
你钟情如初
桑田沧海
你相随不离

你以硬朗
藐视世俗
以千年的柔情
延续爱的奇迹

无情风雨
老化的只是容颜
永恒不变的
是你忠贞不渝的心

痴情的石头
即使粉身碎骨
也要以残缺的身躯
拥抱至爱一生的大地

## 陌　　上

那个
明朗的春日
你我相遇在
芬芳的陌上

豆蔻的你
招来
不肯放归的鸟儿
纵情歌唱

绚丽的你
惹得
不甘寂寞的花朵
竞相绽放

你柔情似水
我的心
仿佛柔桑一样
破生出爱的春光

## 爱的涅槃

独自
坠入夜中
悸动的心
将思绪拉长

昨夜的你
眸波闪动着星光
月色下
夜莺般轻轻浅唱

吻你
在清辉里
誓言
在晚风中飘荡

蓦然
你流星般划向远方
从此
爱的星空暗淡无光

夜如温床
带血的生命
是涅槃的凤凰
向着黎明展翅飞翔

# 追　寻

为了你
我甘愿
用一生
去追寻

你在的地方
很远
我愿意
踏遍千山万水

追寻你
要跨越时空
我愿意
穿越春夏秋冬

追寻后

蓦然发现

你就在不远处的

玫瑰园里

# 春　天

春天
仿佛一位
刚从睡梦中
醒来的少女

淡妆素颜
怀揣着
昨夜的梦幻
去和情郎哥约会

泛绿的丛林
传出的鸟鸣
是她的情郎哥
唤她的动人歌声

蓓蕾初绽
是她脸颊泛起的红晕
波光粼粼
是她闪动的幸福眸光

她和情郎哥
相见的时刻
火热的夏天
就来到了她们中间

# 夏　天

那位
热情奔放
火辣辣的姑娘
她的名字叫夏天

她风姿绰约
无须浓妆重彩
就展露出了
女人的妩媚千般

她如此深情
一湖湖的蔚蓝
装满的
是她浓浓的情感

她也多愁善感
些许的伤感
就会躲进云里
泪流满面

她含情的目光
像火热的阳光
只一瞬间
就融化了春天

# 秋　天

秋天
是一位
成熟了的
美丽女人

她带着
成熟女人
独有的风韵
款款走来

她身着
金风制成的纱衣
展现出
那丰腴的体态

湖泊
是她的眸子
深邃明澈
含情脉脉

她就是
我梦中的情人
我爱你
美丽的秋天

# 冬　天

传说中的
冷美人
就是你
美丽的冬天

你踏着
落叶铺就的金色地毯
登上了
圣洁的舞台

漫天飞雪
是你飘动的白色婚纱
你的红唇
就是飘香的红梅

你冰清玉洁
楚楚动人
让见到你的人
知道了什么是童话

你就是
我等待已久的新娘
我已准备好了
请嫁给我吧

# 雪 花

红梅

绽放的时节

你情窦初开

开始与大地约会


你冰清玉洁

如梦似幻

恰似野百合

在冬天里盛开


你仙姿绰约

像银色的蝴蝶

面对深情的大地

展现醉人的舞姿

爱的世界里

你如此清纯

每一次接吻

都会流出晶莹的泪滴

赞美你

美丽的雪花

你和大地的恋情

续写着爱的传奇

# 思　念

你走后
我的世界
只剩下一颗
思念的种子

这种子
很快破土而生
像分飞的劳燕
将思念唱给春天

思念的幼芽
渐渐长大
开花结果
芳香四溢

风啊

远远地吹吧

吹到你身旁

吹去这芳香

# 因你而美

风吹绿的
不是春色
是你
迷人的花衣

雨润红的
不是蓓蕾
是你
靓丽的红唇

不是
因为春天
而使我们
心生希冀

而是

因为有你

春天

如此美丽

# 寄语黄昏

黄昏
是美好的
黄昏里
有我的回忆

黄昏
是粉红色的
像我俩的爱情
温暖艳丽

黄昏
相约的你我
执手去看
月上柳梢

多少次
离别前
你我
在黄昏中告白

多少次
离别后
思念
在黄昏中停泊

今天
我俩在黄昏中憧憬
憧憬人生的黄昏
依旧幸福地牵手

## 远　眺

目光
常眺远方
那里
是芦苇的故乡
是你去的地方

远方
芦花夭夭
波光粼粼
还有
你笑的模样

多少次
隔水相望
望穿秋水

望断愁肠
思念像江水般流淌

多少次
对月遥望
想白色月光
化作阵阵花香
伴你进入梦乡

# 你的名字

曾见过许多花
却从未记住她们的名字
而初次见到你
你的名字
就铭刻在我的心上

从此
每当夜深人静的时候
你的名字就浮现眼前
伴我一起
进入梦乡

渐渐地发现
你的名字
已长在我生命的树上

伴我一起老去

伴我一起走向生命的天堂

## 杨　柳

跟随
春的脚步
终于见到了你
我梦中的情人

春风
摇曳着你的风韵
春雨
沐浴着你的娇身

你的纤手
挽不住离船
却挽住了
我一颗漂泊的心

你的倩影

投进我的波心

爱的春天

如此销魂

# 冬天的记忆

那个冬天
你走了
我的心
随之进入了冬季

阴霾的天空
像我的世界
伴随着寒风
开始下雪

那雪花
很美很美
美得像记忆中的你
在眼前慢慢飘落

许多年过去
一场场的飞雪
掩埋了许多往事
却掩埋不了对你的回忆

有人说
冬天来了
春天还会远吗
而我的春天不知在哪里

# 回　眸

那一刻
永远
绽放在
记忆的天空

那个春天
你回眸一笑
像惊鸿一瞥
占据了我心的高地

那回眸
像春潮来袭
那回眸
似流星闪耀

多年后

你消失于茫茫人海

那次回眸

却常驻我心

# 当爱来临

当爱来临的时候
就像那抹新绿
以无法抗拒的力量
呈现出春的色调

当爱来临的时候
就像涌动的春潮
以排山倒海的隽美
扑向岸的怀抱

当爱来临的时候
就像野火熊熊燃烧
让一切消失殆尽
演绎万物重生的美妙

当爱来临的时候
我的生命在燃烧
即使化为灰烬
也要把你拥抱

# 一片枫叶

有一片
火红的枫叶
至今燃烧在
我生命的原野

当年的红枫林
点燃了我俩的青春
美如红枫的你
摘一片枫叶送给我

你告诉我
这片红枫叶
就是你的心
让她永远陪伴我

多年以后
红枫林依然火红
而林中
已少了年轻的你我

那片红枫叶
虽不再属于那片枫林
却成了我心中
一簇永不熄灭的火

# 初　春

初春
像初恋
感觉
如此美丽

若有若无
的草色
犹如你的情感
若即若离

偶尔的
几声鸟鸣
又似你言而又止的
甜言蜜语

枝头上
含苞待放的花蕾
恰似
豆蔻年华的你

初春
像初恋一样
再次让我
陶醉在爱的世界里

# 树之影

静静的湖面
倒映出的
树影
清丽如仙

树的影子
是水中的风景
她是谁的恋人
这般似水缠绵

她和树
紧密相连的根
证明了
她们深深地爱恋

狂风骤雨
她们不散
酷暑严寒
也痴心不变

树和影子
的爱情故事
值得我们
永远颂传

# 花　开

花开了
你笑了
笑得
那样甜美

你的甜美
似春风
如春阳
温馨在我心里

爱情如花
你是花蕊
让花儿更香
让爱更美

花开了

我来了

把你采进生命里

让我一生沉醉

# 桃花依旧

初次相见
在美丽的桃园
正值桃花盛开
你面如桃花

从此
桃花盛开的时节
你我经常相约在
美丽的桃园

那年
桃花依旧盛开
而相约的你
却一直没有出现

后来
每当桃花盛开
我都会想起
那片美丽的桃园

# 目　光

你的目光
像一缕月光
温柔地
落在我心上

我的心
像一条小河
泛起
浅浅的波浪

波光粼粼的小河里
藏着美美的月亮
夜莺飞来了
留下低吟浅唱

月亮一样的你
流露着
月光一样的目光
我的心轻轻荡漾

# 勿忘我

初夏时节
历经
千百次的寻觅
终于遇见了你

美丽的你
以爱的颜色
彰显
独树一帜的品格

远离浮华
安于幽静
灿烂的阳光下
绚丽地向我绽放

你的名字

叫勿忘我

勿忘我的名字

是我俩爱的承诺

# 樱桃树

记得
故乡的院落
有一丛樱桃树
深深吸引着我

樱桃树
很柔很美
美得
像婀娜的你

春天里
我围绕它
像围着你
期盼着开花结果

收获的季节

品一粒樱桃

就仿佛在品你

甜在我心里

# 向 日 葵

向日葵
像美丽的女人
为了爱情
把心交给了太阳

太阳离去
她在暗夜中
俯首许下
来日相会的祈愿

清晨
太阳如期升起
她似久别重逢的恋人
绽放出灿烂的笑脸

太阳
是她生命中
唯一的取向
升落紧紧相随

# 美人蕉

春天里
你宛如天仙
出现在我面前
让我情窦初绽

面对我的爱
你绽放的笑脸
像初升的太阳
火红耀眼

爱情的火炬
在我俩
爱的世界里
燃烧了整个夏天

秋风来袭

你决定暂时离开

并轻轻告诉我

相约在下一个春天

# 美丽的彩云

有一朵彩云
像一团火
点亮了
我生命的天空

少年时
一颗怀春的心
憧憬着
拥抱一朵彩云

长大后
为了那朵
美丽的彩云
我跑遍了整个世界

今天
拥有了彩云般的你
我的生命
像燃烧的彩云

## 寻　觅

你说
你在春天里
等待
我的寻觅

寻你
在花丛里
芬芳
又甜蜜

一阵又一阵
的花香
我终于
嗅到了你的踪迹

一瓣桃花飘来

我知道

你就等在

前方的桃花林里

## 月上柳梢

月上柳梢
点亮了夜晚
也点亮了
我俩爱的天空

沐浴在
蓝色的清辉里
仿佛沐浴在
你温柔的怀抱里

从此
你就是那轮明月
生命的枝头
离不开你的依偎

即使
漂泊天涯
依旧会有
月上柳梢

只是
柳梢之上
除了明月
还挂着我的思念

## 彩　虹

雨后的彩虹
那么美
总是历经风雨
你才出现

你的到来
带来满目晴朗
阳光
照进我的心田

你是那位
长有翅膀的天使吗
飞上天空
展示你高贵的妩媚

从此
我不再怕风雨
因为我心中
有了彩虹般的你

# 那片树荫

故乡
桃花林里的
那片树荫
让我难以忘怀

那个仲夏
桃花一样的你
约我
来到那片树荫

从此
那片树荫
除了那份清凉
又多了一份甜蜜

桃花林的桃花
一年胜似一年
树荫里的甜蜜
一年浓过一年

那片树荫
藏着
青春的爱恋
让我永生难忘

# 牵　手

春暖花开
的时候
你我
幸福地牵手

从此
生命中
一直弥漫着
玫瑰花一样的温柔

初恋时
牵你的手
你显露出
玫瑰花般的娇羞

出嫁时
牵你的手
你灿烂得
像玫瑰盛开的时候

如今
牵你的手
玫瑰花的芬芳
依然飘散在心头

亲爱的
你是我生命中的玫瑰
我要永远牵你的手
一直到白头

## 明　白

不知为何
生命的渠
因你
而干涸

不知为何
浸在酒里的唇
因你
依旧苦涩

岁月
风化了岩石
却淡化不了
你水莲花般的色泽

寂寞

是爱的积蓄

思念

是岩浆喷发的河


我终于明白

你是——

生命的源

爱的丘比特

# 守住思念

分离后
思念的芽
开始
在心中破土

风沙
淹没了绿野
我像一只
迷失的小鹿

时间是阳光
距离是雨露
思念
悄悄长成红豆树

从此
心不再孤独
爱的世界
有你绿色的情愫

人生
离聚常有
守住思念
爱将永驻

## 春　山

春山
是一幅
爱的画卷
收藏在我心间

那个
爱的季节
你我将爱的种子
播撒在春山

悠悠青草
是你我的情愫
山花烂漫
是我俩盛开的爱

那天
远行的你
渐渐
消失在春山里

思念
化成满山杜鹃
而思念的人
已在春山之外

## 暗香浮动

雪花
飘舞的季节
你和梅花一起
绽放在我的世界

我的心
从此变成
冰冻不封的深潭
映出你唯一的疏影

玉颊朱颜
不能描绘你的美丽
凌寒盛开
也无法赞美你的品格

而最让我心动的
是你那
黄昏月色中
暗香浮动的风采

# 永恒的味道

千里之外
再次品到
你的芒果
依然像从前
一样甘甜

那年
妙龄的你
约妙龄的我
相约在
你种的芒果园

望着你
品你种的芒果
那味道

一直甜到
我心田

后来
离开家乡的我
一直想着
你的芒果
想着那甘甜的味道

今天
再次品到
你的芒果
除了甘甜之外
还有你甜美的味道

# 春　柳

你从
水乡走来
驻足河畔
和春天约会

你的纤手
挽不住行舟
却挽住了
美丽的春天

多情的你
是雨中的风景
弄湿了自己
也弄湿了春天

风中
摇曳的牧笛
是你唱给
春的心曲吗

悠悠河水
映照出的
是你对春
依依的爱恋

# 望江楼

望江楼
哪位女子
望穿了秋水
望不到归船

望江楼
哪位佳人
弹奏着相思
弹断了琴弦

望江楼里
装着四季的风景
也装着
四季的离愁

江水悠悠

江楼依旧

千古离愁

似水东流

# 假　如

那个秋天
很凉
你独自离去
不顾我的挽留

多年后
又是凉秋
邂逅的你
比黄花瘦

相视的
那一刻
你的眼中
泪如泉涌

假如

人生没有假如

相爱

就不要分手

# 爱情麦田

麦子熟了
我俩的爱
像麦田一样
十里飘香

白云飘荡
鸟儿歌唱
甜蜜的你我
在麦田中徜徉

清风
泛起你的笑靥
幸福的麦浪
在我心中荡漾

麦田闪烁着光芒

爱情如此芬芳

我要跨越时空

爱你到地老天荒

## 眷　恋

清晨
从梦中醒来
蓦然发现
已回到人间

分明是彩霞
却说星光满天
将眸光揉碎
依旧是蓝桥梦断

昨夜的你
已渐渐走远
那丁香般的容颜
依然茂盛在心田

难舍轻柔的肩胛
不忘停泊的臂弯
你我是船是岸
在灯火深处流连

清晨
已回到人间
我的心
依旧在梦中眷恋

# 彩云追月

彩云追月
是一道亮丽的风景
也是一幅
浪漫的爱情画卷

多情的彩云
以优美的身姿
紧紧追随
自己心仪的明月

明月
深情回眸
将一颗明亮的心
交给彩云

蓝色的夜

长风歌唱

璀璨的星光中

他们幸福牵手

彩云追月

是一个美丽传说

更是一部

动人的爱情画卷

# 回　忆

你走以后
我独自
漫步在
深秋里

心中的思绪
像落叶一样
飘来飘去
杂乱无序

你还记得
那片红叶吗
曾燃烧在
我俩爱的世界里

昔日的甜蜜

依旧缤纷

只是

心再也回不到过去

# 爱 的 蔷 薇

晨曦中
一朵蔷薇
像出浴的少女
亭亭玉立

有了
经年的期待
终于
在春天里盛开

爱情
像蔷薇一样
需要阳光
也需要期待

期待彼此相遇

相遇后

还要付出

阳光般的爱

付出

犹如播种

在播种中期待

爱的蔷薇才会盛开

## 知　音

高山
因为巍峨伟岸
而让你
心生爱恋

流水
因为温柔缱绻
而让我
梦绕魂牵

你对
爱的诠释
悄然拨动了
我的心弦

我对
爱的信念
蓦然让你
情窦初绽

高山流水
是心灵相知的故事
也是一幅
优美的爱情画卷

# 树 与 大 地

那棵树
像一位女人
把全部的爱
献给了大地

少女时代
树就坚定地
选择了大地
成为终生伴侣

深沉的大地
从那一刻起
像一位老夫
守护着少妻

肆虐的冷风

常会让树落泪

大地就张开双臂

将眼泪一滴滴接起


他们厮守一生

忠贞不渝

纵然老去

也紧紧拥抱在一起

## 雨中的风景

你我
相约在郊外
天空
忽然下起小雨

我脱下外衣
为你遮雨
你说这是
为你撑起了一片天空

紧紧相依
的你我
沐浴在
爱的细雨中

感谢上天

让雨中的你我

成了我俩爱的世界里

一道永不凋谢的风景

## 唯 一

夜空中
因为那颗
唯一的星辰
我们在黑暗中
才不会迷失方向

大海上
因为那座
唯一的灯塔
船手们
才永远不会迷航

我的世界
因为有你
唯一的爱情

生命才会

如此芬芳

## 收获爱情

俯瞰
金秋十月
到处是
一团团燃烧的火

那不是火
那是
热烈的爱情
在熊熊燃烧

红红的火
映红了
你的面颊
映红了我俩的爱

谁在春的田野

播下爱的火种

谁就会在金秋

收获火一般的爱情

## 恋

我像蝴蝶
恋着
花朵一样
恋着你

你是磁的南极
我是磁的北极
你吸引我
是永恒的主题

一刻的分离
就仿佛
热锅上的蚂蚁
让我无法喘息

这一生
我就像鱼儿
恋着大海一样
恋着你

# 思念在梦里

思念
是心头生起的
一丝清风
轻轻地吹向你

思念
是胸中涌出的
一股清泉
静静地流向你

思念
是你散出的
一缕花香
幽幽地飘向我

思念
是清风
是泉溪
是花香

永远
藏在
我的梦里
时隐时现

## 走进你的世界

那个冬天
第一场雪
你我相约
在雪中漫步

洁白的你
像洁白的雪
把我领进了
你洁白的世界

你的气息
犹如雪中
绽放的红梅
暗香浮动

你的爱
恰似飘舞的雪花
如诗如画
让我心潮激荡

雪地上留下的
两行清晰的脚印
就像两行优美的诗句
在我俩爱的诗书里延长

# 放　飞

因为
共同的梦想
我俩
走到了一起

春季里
望着蓝天上
飘舞的风筝
你说想放飞自己

你去了远方
远方像天空
装着你的梦想
拉长了我的思念

放飞
越高越远
思念
越来越重

# 芳草萋萋

有一片
芳草地
像一幅画
在记忆中珍藏

不能忘记
那个春天
你第一次约我
来到这片草地上

从此
你我手牵手
常常漫步在草地上
爱情如芳草般生长

芳草萋萋

绿满天涯

我俩的爱

像芳草一样幽香

这幅优美的

爱情画卷

一直伴随着你我

走向人生的夕阳

## 如　果

如果
你的眼中
噙有泪水
请把头深埋我肩

如果
你的世界依然孤单
我会用一生
把你陪伴

如果
你的心中不够温暖
我愿将生命
化成春天

如果

问我爱你的时间

那就是

直到生命的终点

## 九月阳光

九月
的阳光
温暖柔和
像你的爱

沐浴在
阳光中
仿佛陶醉在
你的怀

你从不与
春光争宠
在秋的驿站
静静等待

等我从喧闹的
季节里走出
坚定地
向你走来

见到你
才知道
你就是我生命中
最终的期待

# 送　别

望着
你远去的背影
眼睛模糊得
像漫天的柳絮

别后的日子
心中的池塘
如无星的晚上
黯然无光

拿一支笔
画美丽的你
让你的身影
永远陪在我身旁

弹一支曲子

送给远行的你

让祈祷的旋律

永远在你耳畔回响

# 小　巷

小巷
一条通往
记忆的小径
藏着我的爱

初次相约
在这条
幽深的小巷
春暖花开

美丽的你
就像
小巷里的丁香
情窦初开

小巷幽深

花香阵阵

你我的爱

向小巷深处弥漫


牵着你的手

一步步地

从当初的小巷

走进了人生的小巷


如今

头发早已花白

而小巷里的丁香

依旧在生命中绽放

## 灿若星辰

仰望夜空
星光灿烂
灿烂中
我仿佛看见了你

你是
群星中
最灿烂的
那颗星辰

你灿如夏花
绽放在我眼中
你灿若烟火
闪耀在我梦里

你灿烂了
我的世界
我的生命
因你而灿烂

## 南国恋歌

你是谁
红唇皓齿
话语呢喃
生在南国水乡

你是谁
让我拾起记忆的碎片
久违的心海
泛起层层波浪

你是谁
恰是龙女潭的眸光
荡漾着梦幻
穿越我无眠的时光

再饮一杯水乡茶吧
水光茶影里是你的芳香
于是我走不出你
——南国姑娘

我醉了
醉得淋漓酣畅
我真的醉了
醉卧在南国水乡

# 分　别

伴随着
火车的长鸣
淅沥沥的小雨
淋湿了我的心

车窗口
我泪眼蒙眬
站台上
你掩面无语

轻轻地挥手
作别美丽的你
你伫立的身影
渐渐消失在天际

从此

摇曳的心扉

在凄风苦雨中

再也无法关闭

## 你的美你的情

你的美
似清凉的泉
甜而透心

你的情
似和煦的风
暖而醉人

你的美
让我心醉
醉得不知何时能醒

你的情
让我魂飞
飞得不知何时能归

# 伫 立

伫立花前
看缤纷落英
像我的泪
飘落风中

当年
你我相约在
美丽的玫瑰园
两颗心像玫瑰盛开

红红的玫瑰
映红了你
也映红了
我俩玫瑰般的爱情

如今
漂泊的我
伫立花前
泪如雨下

## 爱的箴言

生命
像流星
在时光的夜空中
静静划过

生命
像花草
在时光的秋风中
渐渐凋零

不要等待
也不要徘徊
爱就要爱得
像星光一样璀璨

不要彷徨

更不要迷惘

爱就要爱得

像花儿一样灿烂

## 蝶恋花

蝴蝶

和花朵的

爱情故事

唯美浪漫


漂亮的蝴蝶

像漂亮男孩

手舞足蹈

表达对花朵的爱恋


美丽的花朵

绽放出

害羞的笑脸

给出默许的答案

从那一刻起
这对恋人
从未分开过
相爱了五千年

他们一起
来到这个世界
又一起离开
生生世世没有改变

蝴蝶
和花朵的
爱情传说
会代代相传

## 玫 瑰 女 人

你是女人吗
那为何
我在巾帼中苦苦寻觅
却始终未见你的踪迹
原来
你是女人中的玫瑰

你是玫瑰吗
那为何
我在玫瑰园中苦苦寻找
却始终未见你的花影
原来
你是玫瑰中的女人

你有玫瑰的芬芳

你有女人的妩媚
你是女人中的玫瑰
你是玫瑰中的女人
原来
你是玫瑰花一样的女人

## 有一朵花为我开放

生命的
绿茵中
有一朵花
为我开放

她的脚下
是我的胸怀
美丽的花朵
扎根于我心房

历经
风雨之后
她深情如初
爱如阳光

风起时
是短暂的别离
她频频招手
祝我平安顺畅

每一次重逢
她明亮的眸子
刹那间治愈了
我漂泊的痕伤

我爱你
美丽的花朵
年复一年地
为我开放

## 图书在版编目（CIP）数据

约会春天 / 王立波著. -- 武汉：长江文艺出版社，
2024.8

ISBN 978-7-5702-3477-6

Ⅰ. ①约… Ⅱ. ①王… Ⅲ. ①诗集－中国－当代
Ⅳ. I227

中国国家版本馆 CIP 数据核字（2024）第 006006 号


约会春天
YUEHUI CHUNTIAN

---

责任编辑：胡　璇　　　　　　　　责任校对：毛季慧

封面设计：大　卫　　　　　　　　责任印制：邱　莉　　王光兴

---

出版　长江出版传媒　长江文艺出版社

地址：武汉市雄楚大街 268 号　　　邮编：430070

发行：长江文艺出版社

http://www.cjlap.com

印刷：武汉市籍缘印刷厂

---

开本：880 毫米×1230 毫米　　　1/32　　印张：7.125

版次：2024 年 8 月第 1 版　　　　2024 年 8 月第 1 次印刷

行数：3351 行

---

定价：48.00 元

---

版权所有，盗版必究（举报电话：027—87679308　　87679310）

（图书出现印装问题，本社负责调换）